anfioxo.

LEPTOCARÍDEO, s. m. (do gr. leptos, delgado, e karis, -idos, caranguejo). Género de plantas da família das poáceas.

LEPTOCÉFALO, adj. (do gr. leptos, delgado, e kephale, cabeça). Que tem cabeça estreita. S. m. Larva dos congros e das enguias.

LEPTÓCERO, s. m. (do gr. leptos, delgado, e keras, corno). Género de nevrópteros, que compreende frigâneos do hemisfério boreal, cujas larvas vivem nas águas correntes, envolvidas num casulo sedoso.

LEPTÓCLASE, s. f. (gr. leptos, delgado, e klasis, fractura). Pequena fractura natural de rocha, uma das formas da litoclase.

LEPTOCLORITE, s. f. (do gr. leptos, delgado, e clorite). Grupo de cloritos de escamas finas ou fibrosas.

LEPTÓCOMA, s. f. Género de plantas da família das asteráceas.

LEPTODONTE, adj. 2 gén. (do gr. leptos, delgado, e odous, odontos, dente). Zool. Que tem dentes finos. S. m. Género de musgos.

LEPTÓDORO, s. m. Género de crustáceos cladóceros, que vivem nas grandes profundidades dos lagos da Europa.

LEPTÓFILO, s. m. (gr. leptos, delgado, e phyllon, folha). Espécie de planta que tem folhas delgadas.

LEPTÓGENO, adj. (gr. leptos, delgado, e genos). Estilo subtil, minucioso, subtil acerca de bagatelas.

LEPTOMENINGITE, s. f. (do gr. leptos, delgado, e meninge). Med. Meningite na qual a inflamação ataca principalmente a pia-máter.

LEPTOMINA, s. f. Composto que se encontra no suco de alguns cogumelos: agarics, etc.

LEPTOMONAS, s. f., s. pl. Género de protozoários flagelados, transmitidos pelas moscas.

LEPTOMÓRFICO ou **LEPTOMORFO**, adj. (gr. leptos, delgado, e morphe, forma). Geol. Diz-se do cristal alongado e estreito.

LÉPTON, s. m. Género de moluscos lamelibrânquios espalhados por todos os mares. Há outros, fósseis, nos terrenos terciários. Os últimos são animais de pequeno tamanho, de concha oval, delgada e chata.

LEPTONEMATITE, s. f. (do gr. leptos, delgado, nema, -atos, fio, e suf. ite). Miner. Óxido natural de manganês.

LEPTÓNIX, s. m. Género de focas chamadas vulgarmente focas-monges.

LEPTOPLÂNIDAS, s. m. pl. (do gr. leptos, delgado, planes, errante, e suf. idas). Família de vermes turbelários dendrocelos.

LEPTOPROSOPO (ô), adj. (do gr. leptos, delgado, e prosopon, rosto). Fisiol. Que tem o rosto estreito.

LEPTORRIMA, s. f. (do gr. leptos, delgado, e ryma, seio). Produção marinha, espécie de esponja frágil.

LEPTORRINIA, s. f. Qualidade de leptorrino.

LEPTORRINO, adj. e s. m. (gr. leptos, delgado, e rhis, rhinos, nariz). Zool. Que, ou aquele que tem narinas estreitas.

LEPTOSPERMA, s. f. (gr. leptos, delgado, e sperma, semente). Género de plantas da família das mirtáceas.

— ENCICL. As leptospermas são árvores e arbustos de folhas pequenas, alternas, pontoadas, de cheiro agradável quando esmagadas. Conhecem-se trinta espécies oceânicas; as folhas da leptosperma (Thea e Scoparium), são empregadas em infusões antiescorbúticas.

LEPTOSPÉRMEAS, s. f., pl. Tribo de plantas mirtáceas, cujo tipo é o género leptosperma.

LEPTOSPIRA, s. f. (gr. leptos, delgado, e speira, espiral). Protozoário espiralado, de corpo muito esguio, que provoca doenças epidémicas.

— ENCICL. Os principais leptospiras parasitas do homem são: o leptospira ictero-hemorrágica, cujo hospedeiro habitual é o rato, que o transmite pelas águas, determinando a espiroquetose icterohemorrágica, cujo grippo-typhosa, agente da febre paludosa e cujo reservatório dos vírus é um rato dos campos.

LEPTOSPIROSE, s. f. Doença provocada por um leptospira; as principais leptospiroses são a espiroquetose icterohemorrágica e a febre paludosa e a febre dos sete dias.

LEPTOSSOMÁTICO, adj. (do gr. leptos, delgado, e soma, corpo). Que tem o corpo delgado.

LEPTOSTRÁCEOS, s. m. pl. (do gr. leptos, delgado, e ostrakon, ostra). Grupo de crustáceos malacostráceos.

LEPTOTÉRIO, s. m. (gr. leptos, delgado, e therion, animal). Género de ruminantes extintos.

LEPTOTÓRAX (cs), s. m. (do gr. leptos, delgado, e thorax, tórax). Género de himenópteros aculeados, o qual compreende formigas muito ágeis, que vivem em colónias na madeira velha, debaixo das pedras, e estão espalhadas pelo hemisfério norte.

Lepto

Lepturo

Lépton

Leptospira, flor.

— ENCICL. Técn. Um leque compõe-se de duas partes: o pano e a armação ou cabo. O pano feito, geralmente, de dois pedaços de papel colado um ao outro e que se recobre às vezes, para lhe dar maior solidez com uma pele de cabrito muito fina. O pano pode ser de marfim, madeira, nácar, etc. As varetas, grandes ou pequenas que formam a extremidade das quais suportam o comum em cuja armação do leque. As duas varetas externas são mais largas e protegem o pano quando o leque está fechado. Chama-se leque quebrado aquele em que as varetas, em vez de serem ligadas pela folha, são independentes umas das outras e unidas na sua parte superior por uma fita. As varetas, em certo caso, são feitas de penas de avestruz, etc.

LEQUE [2], s. m. Ant. O mesmo que laque.

LÉQUEO, adj. e s. m. Ant. O mesmo que laque.

LEQUERICA (José Félix de), político espanhol, n. em 1889. Embaixador da Espanha em Vichy, foi por seu intermédio que Pétain pediu o armistício a Hitler.

LEQUESSÃ, s. m. Ant. O mesmo que laque.

LEQUÉSSIA, s. f. Bras. Bebedeira. Vadiação.

LE QUEUX (Guilherme Tufnell), literato inglês, n. em Londres em 1864; conhecido pelos seus romances policiais.

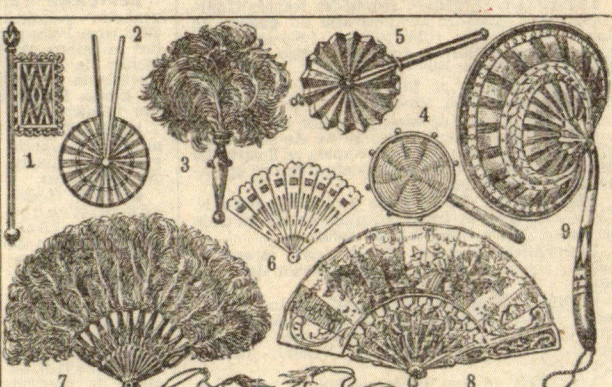

LEQUES: 1. De bandeirola (séc. XVI). 2. Redondo franzido. 3. De penas (séc. XVI). 4. De vime; 5. De bainha; 6. De varetas; 7. De penas; 8. Pintado. 9. Indiano.

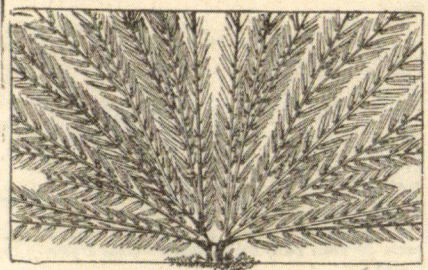

Pessegueiro em leque, à francesa

LÉQUIAS, pequeno arquipélago entre o Japão e a Formosa; 807.000 h. Antiga possessão japonesa, o arquipélago está sob tutela americana pelo Tratado de São Francisco (1951). Em japonês, Riú-Kiú].

LEQUIENOS, s. m. pl. Povo antigo da Arábia.

LEQUIER (Júlio), filósofo francês (1814-1862). O seu sistema consistia em tornar a ciência solidária não com a necessidade, mas pelo contrário, com a contingência.

LÉQUIO, adj. Relativo ou pertencente às Léquias. S. m. Natural ou habitante das Léquias.

LER (ê), v. t. (lat. legere). Percorrer com a vista ou enunciar em voz alta um texto escrito ou impresso: ler o jornal. Compreender o sentido de: ler Virgílio no original. Ler música, decifrá-la à primeira vista. V. i. Conhecer as letras do alfabeto e saber juntá-las em palavras: saber ler, escrever e contar. Fig. Adivinhar, descobrir (os pensamentos, as intenções, etc.): ler nos olhos, no coração de alguém. Ler de cadeira, saber uma matéria a fundo. Loc. fam. Estar a ler, iludir-se, enganar-se, testemunhar ignorância.

LERBAQUITE, s. f. (de Lerbach, n. p.). Selenuro natural de chumbo e de prata.

LERBERGHE (Carlos VAN), poeta belga, n. em Gand. m. em Bruxelas (1861-1907), autor das Entrevisões, a Canção de Eva, versos cheios de visões puras e luminosas.

LERCA, s. f. Pop. Vaca muito magra. Prov. minh. Mulher magra.

LERDAMENTE, adv. (de lerdo). Pop. Parvo, pacóvio, pateta.

LERDEADOR (ô), adj. Bras. Descansado, pachorrento, encostador. «Aquilo finge que trabalha, mas é um lerdeador de marca». (C. Neto).

LERDEAR, v. i. Bras. Perder tempo, fazer cera, descuidar-se do trabalho.

LERDO (ê), adj. (do lat. luridus, pelo esp. lerdo). Tardio nos movimentos, vagaroso. Estúpido. Acanhado. ANTÓN.: lesto, desembaraçado, esperto.

LEREIA, s. f. (corr. de léria). Bras. Conversa sem utilidade. Marafona.

LERENO (Manuel), actor brasileiro, n. em Vila

Fig. Denominação de qualquer coisa, que tem a aparência de um leque aberto, como a cauda dos pavões, dos perus e de certos pombos, que por isso são chamados pombos de leque. Zool. Espécie de pólipos (Gorgonia flabella). Antiga moeda de Ormuz.

LÉRIDA, cid. do N. E. de Espanha, cap. da prov. do seu nome (Catalunha) 53.000 h. A prov. tem 20.000 km. César derrotou lá os lugares-tenentes de Pompeio (49 a. C.); foi baldeadamente sitiada pelo grande Condé em 1646, tomada em 1710 pelo duque de Orléans, perdida em 1810 por Suchet. Durante a civil (1938), foi teatro de violentos combates.

LERINS, nome de duas ilhas francesas do Mediterrâneo; as principais são: Santa Margarida e Santo Honorato.

LERISTA, s. 2 gén. Género de répteis saurios.

LERMA (D. Francisco Gomez DE SANDOVAL Y ROJAS, duque de), estadista espanhol (1555-1625).

LERMINA (Júlio), escritor francês (1839-1915). Autor de: As Mil e Uma Mulheres, Lobos de Paris, História da Miséria, História dos Cem Anos; um dicionário de argot; etc.

LERMONTOV (Michail Iurievitch), poeta lírico russo (1814-1841). Carácter feroz e desolado, fez ouvir belos trechos de revolta e tristeza (O Demónio, etc.). Lermontov pintou-se a si próprio na personagem principal do seu romance intitulado Herói do Nosso Tempo.

LERNA, s. f. (de Lerna, n. p.). Fig. Poço. Abismo. Grande porção.
LERNA, lagoa da Argólida, onde se achava a hidra que foi morta por Hércules. V. Hidra.

LÉRNEA, s. f. Género de crustáceos copépodes, que vivem parasitariamente em todas as espécies de peixes, fixando-se-lhes de preferência nas brânquias.

LERNEU, adj. Pertencente ou relativo a Lerna. S. m. Natural ou habitante de Lerna. Fem.: lerneia.

LERO[1], adj. Prov. algarv. Vivo, esperto.
LERO[2], s. m. Indivíduo de uma casta de naires, na Índia.

LERO ou **LEROS**, ilha da Grécia (Espórades); 5.000 h. Belo mármore branco.

LEROQUAIS (Vítor), eclesiástico e liturgista francês (1875-1946); autor de notáveis trabalhos de erudição acerca de livros de horas, missais, etc.

LEROUX (Frederico Estêvão), escultor francês (1836-1906); autor de obras de excelente estilo (Ariadna Abandonada; Vendedeira de Violetas; etc.).

LEROUX (Gastão), jornalista francês (1868-1927). Foi um dos melhores repórteres do seu tempo, e pertencia ao corpo redactorial do Matin. Notável no romance policial criou tipos que se eternizaram como o do repórter Rouletabille, Chéri-Bibi, etc. Alguns dos seus filmes, como Nova Aurora e Fantasma da Ópera, foram exibidos no nosso país.

LEROUX (Pedro), publicista sansimonista (1797-1871). A sua obra capital é: Da Humanidade, do Seu Princípio e do Seu Futuro. Desenvolve nessa obra uma mistura de sansimonismo e de ideias pitagóricas e budistas, um socialismo que conserva a família, a propriedade e a pátria.

LEROUX (Xavier), compositor francês (1863-1919); autor de Astarteia; Evangelina; etc.

LEROY (Eduardo), filósofo e matemático francês, n. em 1870. Membro da Academia das Ciências Morais. Católico, completou a tradição de Bergson no capítulo da teoria do conhecimento.

LE ROY (Gregório), simbolista belga (1862-1941). Autor de: La Chanson du Pauvre.

LEROY (Pedro), satírico, um dos poetas burlescos, das séc. XVII.

LEROY-BEAU... (1842-1912). Políticas e me... Morais (1906). R... Rússia contemporâneo...

JACACAL, s. m. Nome vulgar duma ave do Brasil.
JACAÇU, s. m. Um dos nomes vulgares, no Brasil, da pomba trocal.
JACAIOL, s. m. Nome vulgar duma ave do Brasil. Pl.: *jacaióis*.
JACAMA, s. f. Variedade de araticu.
JACAMAICI, s. m. Género de aves trepadoras do Brasil.
JACAMAR, s. m. Género de pássaros de plumagem bronzeada ou verde-metálica da América tropical.
JACAMI ou **JACAMIM**, s. m. (pal. tupi). Nome de várias espécies de aves ribeirinhas. Árvore do Brasil.
JACAMINCÁ, s. f. Planta da família das comelináceas do Brasil.
JACAMIÚNA, s. m. Espécie de jacamim do Pará.
JACANÃ, s. f. Género de aves pernaltas, esbeltas e elegantes, de plumagem brilhante e de unhas extraordinàriamente compridas, de que se conhecem dez espécies, a maior parte das quais habitam o Brasil.
JACANA, s. m. Ave pernalta do Brasil, de ventre preto, asas verdes e com um esporão em cada asa, também chamada *piaçoca*. Pequena ave pernalta da Ásia.

Jacana

JACAPA, s. f. Género de aves brasileiras nocivas aos frutos.
JACAPÃNI, s. m. Género de aves do Brasil.
JACAPÉ, s. m. Género de ciperáceas herbáceas do Brasil, vulgarmente chamado *capim-cheiroso*.
JACAPU, s. m. Espécie de cotovia do Brasil.
JACAPUÇAIO, s. m. O mesmo que **sapucaia**.
JACARÁ, s. m. Quadrúpede do Malabar.
JACARAÇA, s. f. Cobra venenosa do Brasil.
JACARÉ, cid. e mun. da Baía, Brasil; pop. do mun. 27 073 h.; pop. da cid. 929 h. Mandioca, café.
JACARÁCIA, s. f. Género de plantas espinhosas do Brasil.
JACARACICA, r. do est. de Sergipe. Brasil.
JACARANDÁ, s. m. Nome que, no Brasil, se dá a várias plantas da família das bignoniáceas e faseoláceas papilionáceas, entre as quais várias espécies que têm aplicação em marcenaria de luxo, tais como o *pau-santo* e o *pau-rosa*. S. m. *Gír.* Homem negro.
— ENCICL. As jacarandás têm folhas que se assemelham um pouco às das mimosas; as suas flores são côr de violeta ou azuis. Conhecem-se trinta espécies da América tropical. A *Jacaranda mimosifolia* fornece madeira muito empregada em marcenaria. O fruto contém uma polpa alimentar.

Jacarandá

JACARANDÁ, r. afluente do Jecu, do est. do Espírito Santo, Brasil.
JACARANDA-CAROBA, s. m. O mesmo que **caroba**.
JACARANDANA, s. f. Género de árvores das florestas virgens americanas, cuja madeira, muito rija, serve para esteios.
JACARANDINA, s. f. Composto corante amarelo que se encontra numa espécie de jacarandá.
JACARANHI, s. m. *Bras. Gír.* Grade de ferro.
JACARATINGA, s. f. Género de mirtáceas silvestres do Maranhão. O fruto dessa planta.
JACARÉ, s. m. (pal. tupi). Espécie de crocodilo. Nome vulgar do aligátor ou do caimão. — *Bras.* Variedade de pimenta roxa. Facão dos sertanejos baianos. *Gír.* Indivíduo que se posta à porta das igrejas, à espera da namorada. *Prov. minh.* Bisborria; pateta.
JACARÉ, nome de vários lugares, serras, rios e lagoas do Brasil.
JACARÉ-AÇU, s. m. O mesmo que **jacaré-de-óculos**.
JACARÉ-ARU, s. m. O mesmo que **caferana**.
JACARÉ-CACAU ou **JACARÉ-CACOA** (ó), s. f. Fruto silvestre do Brasil.
JACARÉ-COPAIBA, s. f. Árvore oleácea do Alto Amazonas (*Calaphitum brasiliensis*).

modo do canal da Caixa.
JACARERANA, s. m. Pequeno sáurio do Amazonas parecido com o jacaré.
JACARETAFÁS, s. m. pl. Uma das tribos aborígenes do Pará, Brasil.
JACARÉU, s. m. Casta de sardinha que, na praia de Nazaré, é seca ao sol depois de salgada.
JACARÉ-UVA, s. f. O mesmo que **lantim**.
JACAREZINHO, cid. e mun. do est. do Paraná; pop. do mun. 34 668 h., da cid. 8 343 h.
JACARINA, s. f. O mesmo que **jacarini**.
JACARINI, s. m. Espécie de pardal do Brasil.
JACARTA, outrora **Batávia**, cid. e porto da ilha de Java, cap. da República Unitária da Indonésia; 533 000 h. Porto e centro industrial importante. Produtos alimentares, borracha, construções navais e mecânicas, etc.
JACATIRÃO, s. m. Planta da família das melastomáceas da América.
JACATUPÉ, s. m. (do tupi). *Bras.* Género de trepadeiras faseoláceas cuja raiz é comestível.
JÁCEA, s. f. Planta asterácea, espécie de centáurea, também chamada *erva-trindade* e *amor-perfeito*; dado a várias espécies de líquenes.
JACE... Artur Silveira da Mota, *barão de*, oficial da armada, académico e escritor brasileiro, n. em S. Paulo (1843-1914). Autor de: *De Aspirante a Almirante*, memórias.
JACENTE, adj. 2 gén. (lat. *jacente*). Que jaz, está situado; *terras jacentes* ao norte. Estacionário. Diz-se duma herança, da qual se não apresenta ninguém a reclamar os bens e que passa para o Estado: *herança jacente*. S. m. *Técn.* Viga sôbre que se fixam as travessas do tabuleiro das pontes. Pl. Recifes.
JACER (é), v. i. *Ant.* O mesmo que **jazer**.
JACERINO, adj. (e deriv.) O mesmo que **jazerino** (e deriv.).
JACI, s. m. Árvore do Amazonas. O mesmo que lua.
JACIABA, s. m. O mesmo que **uauira**.
JACINÁ, s. f. Espécie de borboleta do Brasil.
JACINTARA, s. m. O mesmo que **jacitara**.
JACINTINO, adj. Relativo ao jacinto; que tem côr de jacinto; hiacintino.
JACINTO, s. m. (gr. *hyakinthos*, lat. *hyacinthus*). Género de liliáceas, estimado por causa das suas flores muito ornamentais e do seu aroma penetrante. Nome vulgar de várias outras plantas. A flor de cada uma dessas plantas. Pedra preciosa de cor alaranjada.
— ENCICL. Os jacintos são plantas bulbosas, de folhas radicais, mais ou menos alongadas, cuja haste floral tem um cacho de flores com um perfume penetrante. São plantas ornamentais, de que se conhecem umas trinta espécies, originárias do Sul e do Oriente e que, pelos cuidados dos horticultores, deram origem a numerosas variedades mais ou menos procuradas, cujas flores têm cores variadas.
JACINTO, cid. e mun. do est. de Minas Gerais, Brasil; pop. do mun. 18 895 h.
JACINTO, (São), dominicano silesiano (1182-1257); festejado em 16 de Agosto, mereceu o nome de *Apóstolo do Norte*.
JACI PARANÁ, r. do territ. que n. nos contrafortes da serra S. Principais afl.; *Conto-Igarapé*, na m. esq.; *Branco*...
JACITARA, s. f. O mesmo...
JACITATA, s. f. O mesmo...
JACK, s. m. (t. ingl.).
JACKNIFE, s. m. (pal. *vete*). Comutador de cavilha... telefónicos para estabelecer... gação entre dois aparelhos.
JACKSON, cid. dos Estados Unidos, cap. do Mississi... na margem do Pearl River; 92 000 h.
JACKSON (André), estadista americano (1767-1845). Presidente dos Estados Unidos em 1829 e 1837. A sua administração determinou uma nova classificação dos partidos: jacksonianos ou democratas ou *whigs*.
JACKSÓNIA, s. f. (de *Jackson*, n. p.). Género de faseoláceas-papilionáceas. (Conhecem-se trinta espécies australianas, algumas das quais são cultivadas nas estufas das regiões temperadas.)
JACKSONIANO, adj. Diz-se de uma forma particular de epilepsia limitada a um grupo muscular, sem perda de sentidos e devida...

prando-lho por um prato de lentilhas, chegou a um deserto, onde adormeceu quando se dirigia para a casa de seu tio Labão; viu, então, em sonhos, uma escada que ia até ao Céu e pela qual subiam e desciam anjos. Ouviu ao mesmo tempo Deus dizer-lhe que a sua posteridade seria numerosa como os grãos de poeira da Terra. Serviu, durante sete anos, seu tio Labão, para obter a filha deste, Raquel; porém, Labão deu-lhe a filha mais velha, Lia. Teve de servir ainda mais sete anos para conseguir que o tio lhe desse Raquel. Ao cabo de catorze anos, voltou a Canaã e no caminho teve que lutar com um anjo a quem venceu, recebendo então o nome de *Israel*. Doze são os seus dias no Egipto, onde seu filho José era ministro do faraó (*Bíblia*). Em literatura, são frequentes as alusões à escada de Jacob, e o seu combate com o espírito celeste serve para exprimir, na ordem moral, uma luta tenaz, onde a coragem e a constância acabam por triunfar dos obstáculos. *Iconogr.* Três frescos de Benozzo Gozzoli, no Cemitério de Pisa e quatro frescos de Rafael, nas *loggias* do Vaticano, que se referem à história de Jacob, que fornece também assunto a numerosos quadros: *A Escada de Jacob*, de Lanfranc, Murillo, Ferd. Bol; *A Luta de Jacob com o Anjo*, soberba composição de Delacroix, na Igreja de São Sulpício de Paris. (V. est. *Bel.-art.*, 44). *Jacob e Rafael*, por Giorgione, Cl. Lorrain, Ary Scheffer; *O Encontro de Jacob e Esaú*, de Rubens, Rembrandt, etc.
JACOB (o Bibliófilo). V. **Lacroix** (Paulo).
JACOB (André), um dos propagandistas da maçonaria em Portugal. Nascido na Inglaterra, veio para o nosso país e entrou para o serviço da Marinha. Associou-se a outras personalidades, estrangeiras na sua origem, e estabeleceu na sua casa de Lisboa a loja maçónica *A Virtude*, em 1794. Escreveu também uma gramática portuguesa e inglesa.
JACOB (Max), escritor e poeta israelita (1876-1944), um dos representantes do cubismo literário e uma das figuras mais curiosas do seu tempo. Autor de: *O Laboratório Central*; *Últimos Poemas*; *Conselhos a Um Jovem Poeta*; etc.
JACOBA ou **BAUTCHI**, cid. da Nigéria Inglesa; 50 000 h.
JACÓBEA, s. f. Género de asteráceas, espécie de cardo, chamado também *tasneirinha* ou *cardo-morto* (*Senecio vulgaris* Lin.).
JACOBEIA, s. f. Movimento, doutrina...
JACOBETTY (Miguel), arquitecto português, n. em Alcobaça em 1901. É arquitecto do Liceu de Lisboa e do Estádio Nacional, chefiou o Gabinete de Estudos de Arquitectura e recebeu o Prémio Municipal de Arquitectura (1948). Das suas obras contam-se os edifícios do Estádio Nacional, I. N. E. F., pousadas de Turismo de S. Brás de Alportel, Elvas, etc., e colaborou na estrada marginal de Lisboa a Cascais, etc.
JACOBEU, adj. Hipócrita. S. m. Membro duma seita de fanáticos, política e religiosa, do séc. XVIII, que principiou em tempos de D. João V.
JACOBI (Carlos Gustavo Jacob), matemático alemão (1804-1851); autor de trabalhos de primeira ordem sobre as funções elípticas.
JACOBI (João Jorge), literato e poeta alemão (1740-1814). Deixou notáveis poemas, FREDERICO HENRIQUE (1743-1819). Tentou completar e pretendeu ser o exegeta do Bem e do Belo, próprios de jacobinos.
próprio para... Baía, Brasil; ... Pop. da cid... Ricas minas... odão, café... Alagoas, etc.
JACOBINO, adj. (fr. *jacobino*)... partido jacobino. S. m. Nome dado em França aos religiosos da regra de S. Domingos, porque seu primeiro convento em Paris foi estabelecido sob a invocação de Sant'Iago (*Sanctus Jacobus*). Membro duma associação política durante a Revolução Francesa de 1789: *os jacobinos assinalaram-se pelo seu ardor revolucionário*. — *Bras.* Indivíduo hostil aos Portugueses.
Jacobinos (Clube dos), famoso clube revolucionário, que tinha as suas sessões no antigo Convento

Insígnia dos jacobinos

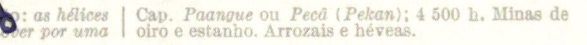

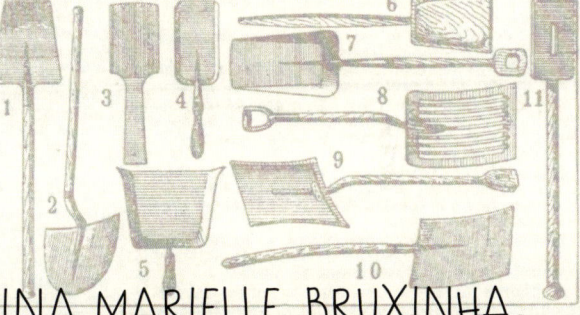

DEDICAMOS ESSE LIVRO À MENINA MARIELLE, BRUXINHA GÊMEA DE TODA GENTE QUE ACREDITA QUE É POSSÍVEL TRANSFORMAR O MUNDO NUM LUGAR DE AMOR E PAZ.

2018 © BULHUFAS, BUGALHOS BIZARROS
2018 © PENÉLOPE MARTINS
2018 © JOÃOCARÉ
2018 © EDITORA DE CULTURA
ISBN: 978-85-293-0200-3

DIREÇÃO EDITORIAL & REVISÃO DE PROVAS
MIRIAN PAGLIA COSTA

DIREÇÃO DE INFANTOJUVENIS
HELENA MARIA ALVES

ILUSTRAÇÃO, PROJETO GRÁFICO E EXECUÇÃO
JOÃOCARÉ

DADOS INTERNACIONAIS DE CATALOGAÇÃO NA PUBLICAÇÃO (CIP)
ELABORAÇÃO: AGLAÉ DE LIMA FIERLI - CRB9 - 412

M345D   MARTINS, PENÉLOPE
         BULHUFAS, BUGALHOS, BIZARROS / PENÉLOPE MARTINS; ILUSTRAÇÕES DE
         JOÃOCARÉ. - SÃO PAULO: EDITORA DE CULTURA, 2018.
         40 P. : IL. ; 21X25 CM.

         CONTÉM GLOSSÁRIO DE PALAVRAS UTILIZADAS
         ISBN: 978-85-293-0200-3

         1. LITERATURA INFANTOJUVENIL BRASILEIRA. I. TÍTULO. II.
         JOÃOCARÉ, ILUST.

                                                      CDD 808.899282

INDICE PARA CATÁLOGO SISTEMÁTICO
LITERATURA INFANTOJUVENIL BRASILEIRA 808.899282
BRUXAS : LITERATURA INFANTOJUVENIL BRASILEIRA 808.899282

TODOS OS DIREITOS DESTA EDIÇÃO RESERVADOS
EDITORA DE CULTURA LTDA.
PRAÇA EDUARDO TABERNEIRO RANGEL, 739 - SALA 1
03351-105 - SÃO PAULO - SP

ATENDIMENTO@EDITORADECULTURA.COM.BR
WWW.EDITORADECULTURA.COM.BR

PARTES DESTE LIVRO PODERÃO SER REPRODUZIDAS, DESDE QUE OBTIDA PRÉVIA AUTORIZAÇÃO DA EDITORA
E NOS LIMITES PREVISTOS PELA LEI 9.610/98, DE PROTEÇÃO AOS DIREITOS DO AUTOR.
PRIMEIRA EDIÇÃO: ABRIL DE 2018
IMPRESSÃO: 5ª   4ª   3ª   2ª   1ª
ANO: 22 21 20 19 18

BULHUFAS, BUGALHOS BIZARROS

Penélope Martins
Joãocaré

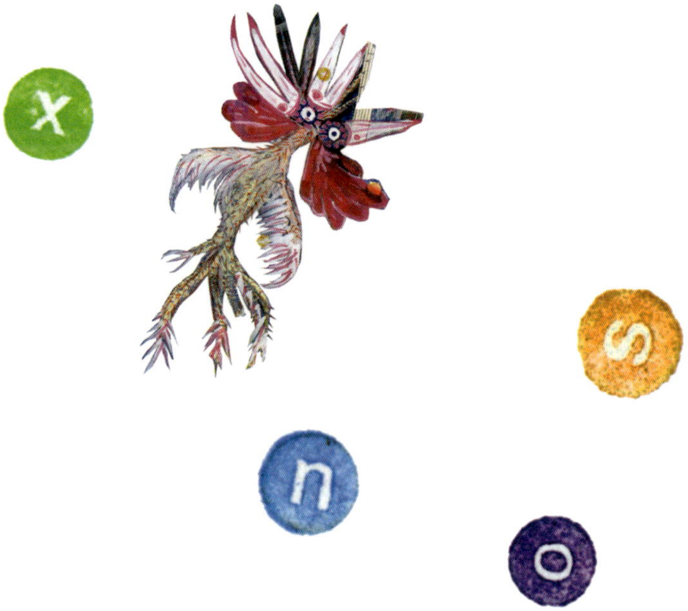

UMA VEZ ERAM DUAS IRMÃS FADADAS AO FEITIÇO, TAGARELAVAM SEM PENA, FALAVAM COM OS BICHOS.

BISBILHOTAVAM NOS LIVROS OS VELHOS BRUXEDOS,
CONHECIAM DOS DICIONÁRIOS ANTIGOS SEGREDOS.

NA VELHA CASA DA MONTANHA
DUAS BRUXAS GÊMEAS SABIDAS

MISTURAM POÇÃO SECRETA
COM PALAVRAS ADORMECIDAS

– BABA DE BOI E BRUMA
NA BILHA QUE BORBULHA!

AS BRUXAS DESTRAMBELHAVAM DEIXAS
COM SOPROS DE SUAS BOCHECHAS.

E DIZIAM AOS BICHOS DO MUNDO:
– É HORA DE LÍNGUA SOLTAR.

BICHO QUE PIA, BICHO QUE GRUNHE,
TODO BICHO PODE FALAR!

AS DUAS BRUXAS GÊMEAS,
PRONTAS PRA SELAR FEITIÇO.

SOLTAVAM NO AR O ENGUIÇO,
SEU VERSO CANTAVAM BONITO:

– BULHUFAS, BUGALHOS BIZARROS!
BRÂNQUIAS DE BILHÕES DE BATRÁQUIOS!

BALBUCIO DE BOCA BANGUELA
FAZ O BICHO VIRAR TAGARELA!

BICHOS QUE NUNCA FALARAM, PASSARAM A REPETIR O BRUXEDO:

– BULHUFAS, BUGALHOS BIZARROS!
DIZIA LOBO, TAMBÉM PAPAGAIO.

ATÉ DO MAR ECOAVAM BISBILHOTEIRAS
MEDUSAS, RAIAS, BALEIAS ENTRAVAM NA BRINCADEIRA

E CANTAVA O TUBARÃO, COM SEU TRUTA BACALHAU,
SARDINHAS AFINADAS EM CORO BRUTAL.

AS BRUXAS GÊMEAS, ALVOROÇADAS,
VOAVAM NAS ASAS DE MIL GARGALHADAS,

APRECIANDO O FEITIÇO AOS SARROS:
– BULHUFAS, BUGALHOS BIZARROS!

POÇÃO BURLESCA NÃO É DE ARAQUE,
ECOAVAM VOZES EM BADULAQUES.

OS BICHOS BADALAVAM OUVIDOS,
CANTAVAM SONS E BARULHOS ANTIGOS.

BICHO-DA-SEDA BAFEJAVA NO BREU,
BICHO-CARPINTEIRO NÃO SE ESCONDEU.

– EI, VOCÊ, BICHO DE SETE CABEÇAS,
CANTE PARA QUE A LUA ENLOUQUEÇA!

AS IRMÃS BRUXAS SE DESMANCHAVAM,
BORRACHAS DE TANTA BALBÚRDIA.

AO SOM DA BICHARADA,
CANTANDO NA MADRUGADA.

É CERTO QUE O TEMPO DO ESQUECIMENTO
FARIA OS BICHOS SILENTES DE NOVO.

DO COAXAR DOS IRMÃOS BATRÁQUIOS
NÃO SE OUVIRIA BULHUFAS, BUGALHOS BIZARROS.

ENTÃO, PARA A BIRRA DESSE MALFADADO DIA,
SEM O PALAVREADO DE JACARÉ OU JIA,

AS BRUXAS INVENTARAM ESSA MAGIA
QUE BROTA PALAVRAS NA PONTA DA LÍNGUA.

E QUEM ESSA HISTÓRIA LEU NÃO GUARDA SEGREDO,
ROMPE O SILÊNCIO, CANTA ALTO O BRUXEDO.

FAZ A PALAVRA VOAR COM ESSAS BRUXAS LEVADAS:
– BICHOS, BUGALHOS BIZARROS E MIL BULHUFADAS!

PARECE, MAS NÃO É,
LAGARTIXA OU JACARÉ?
ELA ESCREVE COM RIMAS,
ELE DESENHA COM TINTAS.
　　　OS DOIS, JUNTOS NESSA AVENTURA,
　　　CRIAM UMA HISTÓRIA DE BOA MISTURA,
　　　DIVERTEM-SE À BEÇA, ROLAM DE RIR,
　　　VIRAM PIÁS, CRIANÇAS, GURIS!
ELA BRINCA, COMEÇA A DIZER:
– JOÃO JACARÉ, QUE BRUXA É VOCÊ!
USOU TODA TINTA, PINTOU FOTOGRAFIA,
FEZ FEITIÇO ILUSTRADO, PURA POESIA.
　　　ELE BRINCA, COMEÇA A DIZER:
　　　– PÉ-DE-PENÉLOPE, QUE BRUXA É VOCÊ!
　　　COM PALAVRAS DORMENTES DO DICIONÁRIO,
　　　INVENTOU BULHUFAS, BUGALHOS BIZARROS!

VOCÊ QUE LEU ESSE LIVRO, ACEITE A BRINCADEIRA:
– EXPERIMENTE O FEITIÇO EM NOITE DE LUA CHEIA.
OS BICHOS DA SUA CASA IRÃO LOGO DIZER:
– QUE ESPANTO, CRIANÇA, QUE BRUXA É VOCÊ!